Cochonnet

Vicki Grant

Traduit de l'anglais
par Lise Archambault

orca currents

DISCARD

ORCA BOOK PU

Pour la merveilleuse Maggie de Vries,
merci d'avoir fait de moi une accro de l'écriture.

Catalogage avant publication de Bibliothèque et Archives Canada

Grant, Vicki
[Pigboy. Français]
Cochonnet / Vicki Grant.

(Orca currents)
Traduction de: Pigboy.
Publ. aussi en formats électroniques.
ISBN 978-1-4598-0006-9

I. Titre. II. Titre: Pigboy. Français.
III. Collection: Orca currents
PS8613.R367P5314 2011   JC813'.6   C2011-903466-2

Publié en premier lieu aux États-Unis, 2010
Numéro de contrôle de la Library of Congress : 2010931364

Résumé : Une sortie scolaire dans une ferme historique tourne au drame
lorsqu'apparaît un évadé de prison.

*Orca Book Publishers se préoccupe de la préservation de l'environnement; ce livre
a été imprimé sur du papier certifié par le Forest Stewardship Council.®*

Orca Book Publishers remercie les organismes suivants pour l'aide reçue dans le
cadre de leurs programmes de subventions à l'édition : Fonds du livre du Canada et
Conseil des Arts du Canada (gouvernement du Canada) ainsi que BC Arts Council
et Book Publishing Tax Credit (province de la Colombie-Britannique).

*Nous remercions le gouvernement du Canada pour l'aide financière reçue dans le cadre
du Programme national de traduction pour l'édition du livre.*

Photo de la page couverture par Getty Images

ORCA BOOK PUBLISHERS   ORCA BOOK PUBLISHERS
PO Box 5626, Stn. B   PO Box 468
Victoria, BC Canada   Custer, WA USA
V8R 6S4   98240-0468

www.orcabook.com
Imprimé et relié au Canada.

14 13 12 11 • 4 3 2 1

Chapitre premier

Une ferme.

Non. Pire que ça.

Une ferme *historique*.

Une ferme historique, sale et puante. Pas d'eau courante. Pas d'électricité. Pas de distributeur de boissons gazeuses.

Je n'arrive pas à le croire.

L'autre classe de 9e a visité un studio de télévision. Les élèves ont pu jouer les caméramans et s'entretenir avec les lecteurs de nouvelles. Il y en a même un qui a lu le bulletin météorologique en ondes. Ça, c'est cool.

Notre classe, elle, se rend dans une ferme stupide quelque part à la campagne.

Il n'y a pas de justice.

Mais pourquoi suis-je surpris? M. Benvie ne fait jamais rien d'amusant. C'est une âme charitable. Il a passé tout un été à creuser un puits dans un village en Afrique.

Et c'est une bonne chose.

C'est bien que ces gens ne meurent plus et qu'ils aient de l'eau pour faire pousser leurs cultures et abreuver leurs animaux.

Mais ça ne veut pas dire qu'une ferme est un endroit intéressant.

Ça ne veut pas dire que nous voulons savoir d'où vient la nourriture.

Ça ne veut pas dire qu'un adolescent normal voudrait perdre une journée entière dans une ferme ennuyante.

M. Benvie est enseignant. Il passe toute sa vie avec des jeunes. Il devrait savoir ça.

Est-ce si difficile à comprendre? De toute évidence, une sortie scolaire qui implique du fumier ne convient pas à des élèves de quatorze ans.

Mais le fumier n'est pas ma préoccupation majeure.

C'est le fait que le fermier élève des porcs. Ou des cochons, si vous préférez. Or il y a un gars dans notre classe qui s'appelle Dan Cauchon et que tout le monde déteste.

Je ne sais pas pourquoi. C'est peut-être à cause de ses cheveux. Ou de ses dents. Ou de ses lunettes. Ou du fait qu'il réponde aux questions de M. Benvie en se servant de sa tête. Il essaie habituellement de passer inaperçu, mais sans succès. Shane Coolen et Tyler March ne lui donnent aucun répit. Ils ne manquent aucune occasion de se moquer de lui.

C'est ça qui me dérange. M. Benvie voit bien ce qui se passe. S'il est vraiment une âme charitable, pourquoi rendre la situation plus pénible? Il se préoccupe de gens qui vivent à un million de miles d'ici. Mais ça ne l'embête pas de torturer un pauvre élève de sa classe en annonçant que nous allons voir comment on élève de manière traditionnelle les poulets, les vaches et les *cochons*.

Shane ne peut pas laisser passer une si belle occasion.

— Nous allons visiter ta famille, n'est-ce pas, Dan? J'ai toujours voulu rencontrer ta mère. Ha, ha!

Toute la classe éclate de rire.

— Ça suffit, dit M. Benvie.

Mais il est évident qu'il se retient pour ne pas rire lui aussi.

Je déteste Shane Coolen.

Je déteste les sorties scolaires.

Mais par-dessus tout, je déteste être Dan Cauchon.

Chapitre deux

Le jour de la sortie, M. Benvie a la grippe. Je suis au septième ciel.

Je m'attends à ce que la visite à cette ferme stupide soit annulée. C'est un coup de chance inespéré. J'ai passé la nuit à me demander comment survivre à sept heures de blagues sur les cochons. J'ai presque gambadé de joie lorsque le directeur a annoncé que M. Benvie serait absent pendant quelques jours. Peut-être, ai-je pensé, quelques jours de repos lui permettront-ils d'y voir plus clair. Peut-être nous proposera-t-il une autre activité. Visiter l'usine de pneus ou regarder un film historique ennuyant ou aller à la caserne de pompiers. N'importe quoi plutôt que cette ferme stupide et sa porcherie.

L'espace d'un instant, je suis convaincu que cette journée se terminera sans accroc.

Puis on frappe à la porte. C'est le directeur qui vient nous présenter la suppléante. Elle porte des bottes de caoutchouc. Je devine vite la suite du scénario.

— Mme Creaser est ravie de pouvoir accompagner la classe de 9ᵉ B lors de cette fascinante sortie à la ferme historique du Vieux Moulin!

Il nous débite l'histoire du fermier venu de Hollande pour élever des animaux de races anciennes. Très intéressant, à ce qu'il paraît — mais je n'écoute pas.

Je m'en doutais bien.

Comment ai-je pu espérer que ce voyage soit annulé? Ce n'est pas à moi que ça arriverait. Je ne suis pas un gars chanceux.

Lorsque je mentionne mon manque de chance à ma mère, elle me contredit toujours :

« Mais bien sûr que tu es chanceux. Tu es jeune et en santé. Tu as une maison confortable et un garde-manger bien rempli. »

Comme si ça pouvait me réconforter.

Essentiellement, elle dit que je suis chanceux de ne pas être mort.

Je jette un regard autour de la classe. Pourquoi est-ce que je n'ai pas autant de chance que les autres? Ils sont jeunes et en santé eux aussi — mais en plus, ils sont grands et beaux et drôles et riches et musclés et populaires et tout ce que je ne serai jamais.

Je suis maigrichon, j'ai les dents en avant comme un lapin et je m'appelle Cauchon. Si j'essayais d'expliquer ça à ma mère, elle secouerait la tête et me dirait que les choses pourraient être bien pires :

« Imagine ce que ce serait si tu étais un Cauchon corpulent comme ton cousin Andy. Imagine ce qu'il doit subir. »

Bien sûr. Pas besoin de me faire un dessin. La prochaine fois que Shane se moquera de mon nom, je lui répondrai :

— Oui, mais je ne suis pas un gros Cauchon.

Et la prochaine fois qu'il rira de mes dents, je répondrai que mieux vaut ça qu'un dentier.

Et s'il dit une fois de plus qu'on pourrait allumer un incendie avec les verres épais de mes lunettes, je ferai valoir que ce serait bien commode pour faire griller des saucisses sur un feu de camp.

J'ai envie de rire lorsque j'y pense, mais je sens le regard de Shane posé sur moi. Il n'y a que les losers qui rient tout seuls.

Le directeur continue son monologue sur l'élevage traditionnel des cochons. Shane chuchote des blagues à ses amis et éclate de rire. Pourquoi ma mère pense-t-elle que je suis un gars chanceux?

Je ne suis même pas assez chanceux pour avoir la grippe quand ça serait utile.

Chapitre trois

Les autres élèves se bousculent pour les bonnes places dans le bus mais moi, j'ai la banquette arrière à moi tout seul.

Ça vous étonne?

Je m'assois toujours seul. Les gars me considèrent bizarre. Les filles ne me considèrent pas du tout. Jamais personne ne veut s'asseoir avec moi. Je m'en fous. J'ai l'habitude.

Le chauffeur annonce que le voyage durera à peu près une heure. C'est parfait. J'ai mal dormi et j'ai besoin de récupérer. Je vais avoir besoin de toute mon énergie pour survivre jusqu'à la fin de cette journée. C'est épuisant de prétendre que ces idiots ne me dérangent pas.

Mme Creaser est assise à l'avant et bavarde avec des filles. Sa veste semble avoir un certain succès, à entendre leurs petits cris admiratifs. Mme Creaser est assez jeune et s'habille comme une présentatrice de télé — à part les bottes de caoutchouc, bien entendu. Elle me rappelle ma demi-sœur et ses amies collégiennes. Vous savez, les vêtements, les boucles d'oreilles, les rires à gorge déployée.

Comme je ne veux pas avoir l'air curieux, je tourne mon regard vers la fenêtre. Il n'y pas grand-chose d'autre à faire.

Quel ennui!

Pendant quelque temps, il y a des maisons et, parfois, quelqu'un qui promène son chien. Mais lorsque nous roulons sur la grande route, il n'y a plus que des camions à remorque et des postes d'essence. C'est encore pire sur le petit chemin de campagne. Nous traversons un hameau endormi, quelques fermes — puis plus rien.

Pas de maisons. Pas de champs. Pas même de panneaux indicateurs. Seulement mile après mile du pire chemin de terre que vous puissiez imaginer.

Chaque cahot me donne la nausée. Il ne manquerait plus que je vomisse dans l'autobus. Ma vie ne vaudrait plus la peine d'être vécue. Ils me le rappelleraient jusqu'à la fin de mes jours. Sans blague.

Ma mère m'a conseillé de prendre une pilule contre la nausée avant de partir.

Elle ne cessait de répéter que je le regretterais sinon. Comme je déteste qu'elle me traite comme un enfant, je n'ai pas pris la pilule. Mais maintenant, j'espère qu'il n'est pas trop tard pour la prendre.

Je fouille dans mon sac à dos. Je trouve mes pilules contre les allergies, des papiers-mouchoirs, du ruban adhésif entoilé — tout ce que vous vous attendez à trouver dans le sac d'un nul comme moi — mais rien contre la nausée.

Un autre cahot et je me retiens pour ne pas vomir. Je me ferme les yeux et m'efforce de penser à autre chose.

C'est beaucoup plus facile que je ne l'aurais cru.

Une seconde plus tard, mon visage est écrasé contre la fenêtre du bus. J'entends craquer une branche de mes lunettes et un rire stupide. Mais mon envie de vomir est passée.

Shane Coolen me fait un grand sourire hypocrite et me dit :

— Ça te dérange si je m'assois avec toi, Cochonnet?

Chapitre quatre

Je n'aime pas beaucoup M. Benvie, mais je dois reconnaître qu'il s'assoit toujours à l'arrière du bus lorsque nous faisons une sortie scolaire. Pas question de perdre Shane et Tyler de vue.

J'aurais dû y penser avant de choisir ma place. J'aurais dû m'asseoir en avant près de Mme Creaser. J'aurais eu l'air d'une poule mouillée, mais j'aurais évité d'être projeté brutalement sur la paroi de l'autobus par les deux cents livres de Shane Coolen.

— Pousse-toi! dit-il, adoptant une voix de fausset. Un peu plus… Encore un peu… Voilà. Je ne t'écrabouille pas, j'espère?

Vous auriez répondu quoi, vous?

Si je dis oui, il va me frapper en me traitant de mauviette. Si je dis non, il va m'écraser jusqu'à ce que je dise oui — puis il me frappera.

Il n'y a pas de réponse gagnante. Je me la ferme en espérant que les verres de mes lunettes ne se briseront pas. Je ne verrais plus rien. Je pourrais me débrouiller, mais comment l'expliquer à ma mère? Il est préférable qu'elle n'en sache rien. Si Shane pensait que j'allais tout raconter à ma maman, il me torturerait davantage.

Shane a les pieds sur l'accoudoir et le dos appuyé contre le mien. Chaque fois qu'il bouge, le cadre métallique de la fenêtre s'imprime plus profondément dans mon visage. Je goûte le sang qui dégouline de mon nez. Je me demande si mes dents vont résister encore longtemps.

Puis Shane prend mon bras et le replie contre mon dos. Il se met à réciter la comptine des trois petits cochons. Tyler et ses copains s'étranglent de rire.

Soudainement, les rires s'arrêtent et Shane s'assoit de son côté de la banquette.

Je vois Mme Creaser qui se dirige vers nous.

— Baisse la tête! me dit Shane d'un ton menaçant.

Puis il se met à siffloter. Quel idiot! Si Mme Creaser avait des soupçons à son sujet, sa culpabilité ne fait plus aucun doute maintenant. Il essaie trop d'avoir l'air innocent.

— Que se passe-t-il ici? demande-t-elle.

Shane hausse les épaules.

— Hein? Qu'est-ce que vous voulez dire? Je contemplais le paysage. Il ne s'est rien passé que je sache.

— Rien? Alors dis-moi pourquoi ton ami saigne.

— Ah, oui. Désolé! J'avais oublié, dit-il en me donnant une petite tape dans le dos. Daniel saigne du nez. Ça lui arrive souvent, le pauvre, ajoute-t-il avec un autre sourire hypocrite.

Mme Creaser se penche vers moi et lève mon menton. Elle regarde mon visage ensanglanté et mes lunettes brisées, puis elle regarde Shane. Elle le regarde longtemps, très longtemps. Il finit par s'arrêter de sourire. Ça se voit qu'elle le prend pour un idiot.

— Tu ne serais pas par hasard le fameux M. Coolen?

Il fait claquer sa langue et lui fait un clin d'œil. Pour qui se prend-il? Brad Pitt?

— Ouais, dit-il. Lui-même en personne!

— Il n'y a pas de quoi être fier, dit-elle. Toi et moi et le directeur allons avoir une petite conversation plus tard.

— J'ai bien hâte, dit-il.

— Pas autant que moi, dit-elle.

Puis elle me fait signe de la suivre. Elle me sourit et me demande :

— Et toi, tu t'appelles….?

C'est trop beau pour être vrai.

— Ça, c'est monsieur Cauchon! crie Shane de sa voix de fausset.

Tout le monde éclate de rire. Mme Creaser soupire et secoue la tête. J'apprécie qu'elle prenne ma défense, mais ça ne m'aide pas beaucoup. Même à l'avant du bus, j'entends la voix de Shane qui appelle :

— Cochonnet! Cochonnet!

Les heures de cette journée vont s'égrener lentement, très lentement…

Chapitre cinq

Mme Creaser fait de son mieux pour me réconforter. Elle me parle d'une de ses amies dont le nom de famille est Bécosse et d'un gars dont le nom véritable est Donald Cannard. Elle jure que c'est vrai. Je pense qu'elle essaie seulement de m'aider. Elle me fait pincer les narines pour arrêter le sang et sort la trousse de premiers soins.

La plupart des élèves qui font des sorties scolaires sont sans doute des petits de la maternelle, puisque tous les pansements sont à motifs de Schtroumpfs. Mme Creaser en utilise un pour réparer mes lunettes. Je suis trop gêné pour lui dire que j'ai du ruban adhésif dans mon sac à dos.

Comme mon nez n'arrête pas de saigner, elle me fait bourrer mes narines avec du papier-mouchoir.

Est-il possible de tomber plus bas?

Des verres comme des fonds de bouteille qui tiennent ensemble avec un pansement à Schtroumpfs. Du papier-mouchoir ensanglanté dans les narines. Des lèvres enflées sur des dents protubérantes. Au moins, je ne sens pas mauvais. Je m'attendais à une journée difficile. J'ai donc forcé la dose de déodorant ce matin.

Mme Creaser me pose des questions au sujet de mes hobbies et de mes amis.

J'invente à mesure pour ne pas faire encore plus pitié. Ça ne me dérange pas de parler avec elle. Elle est assez gentille. Je n'ai pas vu le temps passer et nous sommes déjà à la ferme.

Le bus entre dans la cour. Des oies s'envolent en panique. Des chèvres se retournent pour nous regarder. Il est évident que les véhicules automobiles sont chose rare par ici.

La ferme n'est pas très impressionnante. La maison n'est pas mal. Elle ressemble aux maisons des livres d'images. Blanche avec un toit noir et des fenêtres à carreaux. Il y a une porte verte en plein milieu, quelques fleurs devant. Rien d'exceptionnel.

Tout le reste a l'air assez délabré. Les clôtures sont faites de vieilles perches empilées les unes sur les autres. L'étable a besoin d'une couche de peinture et il manque des planches près du toit. À part ça, il y a quelques animaux dans des enclos, un étang répugnant et un vieux bâtiment en rondins derrière l'étable. Je ne vois pas à quoi nous pourrons nous occuper pendant quatre heures. L'idée que Shane aura du temps à perdre ne me rassure pas du tout.

Mme Creaser est debout à l'avant du bus et fait le discours de circonstance.

— Vous êtes les ambassadeurs de l'école. Je m'attends à ce que votre conduite soit irréprochable, dit-elle en regardant Shane droit dans les yeux.

— Oh, vous pouvez compter sur moi, Mme Creaser! dit-il.

— Oui, dit-elle. Je le sais. C'est pourquoi tu peux compter sur moi pour te surveiller.

Puis elle nous rappelle de laisser nos sacs à dos dans le bus et de sortir un à la fois.

Je devrais prendre mes pilules contre les allergies et mes papiers-mouchoirs, mais ce serait trop embarrassant.

Je suis au premier rang et tous les autres attendent que je sorte. Je couvre mon visage de mes mains et fais semblant d'étouffer un éternuement mais en fait, j'en profite pour repousser les mèches de papier-mouchoir plus haut dans mes narines. Puis je descends du bus.

Mme Creaser frappe à la porte de la maison. J'essaie de me tenir aussi près d'elle que possible sans attirer l'attention. J'aime mieux être persécuté pour moi-même que comme chouchou de la maîtresse.

Elle frappe de nouveau. Pas de réponse. Elle regarde par les petites fenêtres étroites de chaque côté de la porte et hausse les épaules.

— Allons voir à l'étable, dit-elle.

Les élèves en profitent pour commencer leurs niaiseries, mais elle ne les laisse pas faire. Elle les fixe intensément et ils s'arrêtent.

— Bon, dit-elle. Suivez-moi.

Tout le monde obéit. C'est étrange. Mme Creaser n'est que suppléante. D'habitude, la discipline fout le camp lorsque nous avons des suppléants — mais elle, tout le monde l'écoute. Je ne sais pas pourquoi. Elle n'est ni imposante, ni méchante, ni dérangée comme cette Mme Laffoley que nous avons eue une fois. Elle n'a réussi à maintenir la discipline que parce qu'elle nous terrorisait. Même Shane s'est tenu tranquille.

Mme Creaser est assez petite. Pas vraiment courte, mais délicate. La moitié des élèves pèsent plus qu'elle. Elle ne pourrait certainement pas s'imposer par la force. Et ce n'est pas nécessaire. Ça tient à sa façon de parler. Elle sait se faire obéir.

Nous la suivons à l'étable.

À part les vaches, elle est vide. Il fait noir, sauf aux rares endroits où les carreaux sales laissent passer quelques faibles rayons de soleil.

Des particules de poussière dansent dans la lumière. Le nez commence à me démanger aussitôt que je les aperçois. J'espère que les bouchons de papier-mouchoir vont m'empêcher d'éternuer. Sinon je suis perdu.

Mme Creaser entre dans l'étable avec précaution, comme si le bâtiment était hanté.

Elle appelle :

— Monsieur Van Pett?… Allo?… Monsieur Van Pett?

Rien.

Rien sauf, bien sûr, le rire de Shane.

Mme Creaser sort de l'étable comme une trombe.

— Qu'est-ce qui te fait rire? demande-t-elle.

— Rire? dit-il. Je ne ris pas. Je suis inquiet. Je m'inquiète au sujet de M. Van… Pett.

Il grimace en disant *Pett*, puis se remet à rire. Les autres sourient, mais personne n'ose rire avec lui.

Il faut voir le visage de Mme Creaser. Elle s'approche de lui. Elle ne semble pas préoccupée par le fait qu'il pèse cent livres de plus qu'elle et la dépasse d'un pied.

— Écoute-moi bien, dit-elle. Tu n'es peut-être pas assez mature pour comprendre, mais je vais tenter de te l'expliquer. M. Van Pett est Hollandais. Son nom est hollandais. Ça ne veut pas dire la même chose en français qu'en hollandais. Et il est notre hôte. Si tu fais une autre blague plate ou si tu souris le moindrement lorsque je vous le présenterai, tu vas le regretter, amèrement. Est-ce que je me fais bien comprendre?

Shane a un petit sourire narquois, mais ne dit rien. Il se contente d'incliner la tête.

Mme Creaser se tourne vers le reste de la classe.

— M. Van Pett pourrait avoir un accent prononcé. Si vous n'arrivez pas à le comprendre, je vous aiderai. Vous avez compris? Bien. Maintenant je m'attends à ce que vous ayez une conduite exemplaire, ajoute-t-elle.

Elle fait le tour de l'étable en appelant M. Van Pett.

De gros cochons tachetés commencent à grogner comme s'ils lui répondaient. Shane s'efforce de ne pas rire, mais je vois bien que ça l'amuse de les entendre pousser leurs cris grossiers et de les voir se rouler dans leur fumier. Je vais en entendre parler toute la journée demain. Aucune chance qu'il laisse passer une telle occasion.

— Il n'est pas ici, dit Mme Creaser en éloignant les élèves des cochons.

Elle me fait un sourire timide. Je pense qu'elle est embarrassée pour moi.

L'histoire des cochons et tout ça.
Puis elle jette un coup d'œil circulaire
autour de la ferme.

— Je ne le vois pas dans les champs
non plus, dit-elle. S'il n'est pas dans le
bâtiment là-bas, nous devrons peut-être
trouver autre chose à faire aujourd'hui…

Cette suggestion est accueillie par des
cris d'enthousiasme. Mme Creaser nous
fait signe de nous taire et recommence
à appeler M. Van Pett. Quelques
secondes plus tard, la porte de la maison
s'ouvre. Tous les élèves gémissent.
Mme Creaser nous foudroie du regard.
Nous nous taisons. Elle se retourne.

— Monsieur Van Pett? dit-elle.

L'homme referme la porte derrière
lui, puis demande :

— Qui êtes-vous?

Il a l'air de mauvaise humeur. Et il
ne ressemble pas du tout à un fermier. Je
m'attendais à voir un vieux en salopette et
chapeau de paille. Il porte une salopette,

mais il n'est pas vieux. Il semble être dans la trentaine. Il a la tête rasée. Et des tatouages sur les jointures des doigts. Je ne sais pas pourquoi je suis surpris — aucune loi n'interdit pourtant aux fermiers d'avoir des tatouages — mais ça me semble bizarre.

— Je suis Madame Creaser. Je m'excuse. J'imagine que vous attendiez M. Benvie, dit-elle. Il aurait bien aimé venir, mais il a la grippe.

L'homme reste silencieux. On se serait attendu à : « Ah, dommage. J'espère qu'il ira bientôt mieux », ou quelque chose comme ça. M. Benvie a mentionné qu'ils sont amis, mais cet homme-là a l'air complètement indifférent à son état de santé. Après une longue pause, Mme Creaser se remet à parler.

— Les élèves ont étudié l'agriculture traditionnelle et nous sommes tous ravis d'avoir été invités à visiter votre ferme.

Elle exagère un brin. Moi, en tout cas, je ne suis pas ravi d'être ici. Elle lui sourit de nouveau. Il se contente d'incliner la tête.

— Comment êtes-vous venus ici? demande-t-il.

— En autobus scolaire, répond Mme Creaser. Une légère inquiétude se lit sur son visage.

— Combien de temps allez-vous rester? demande-t-il.

— Eh bien, nous devons être de retour à l'école pour trois heures quinze. Nous partirons donc vers deux heures.

Le gars incline la tête de nouveau. Il nous examine. Il examine le bus. Il mâchouille quelque chose. Il ne dit rien pendant un long moment. On dirait qu'il se demande quoi faire avec nous.

Il crache à terre.

— D'accord, dit-il après un long silence. Allons-y.

Il sourit enfin. Du moins, il essaie.

Ses commentaires sont nuls. Au début, je pense que c'est une question de langue, mais je comprends vite que le problème est ailleurs. Il n'a aucun accent.

Nous traversons l'étable.

— Ça, c'est une pelle. Ça, c'est une fourche. Ça, c'est un chat…

Sans blague. Croit-il que les enfants des villes sont tous des idiots qui ne sauraient pas reconnaître un chat? Tout le monde lève les yeux au ciel et pousse de profonds soupirs. Mme Creaser nous lance des regards furieux.

Elle s'efforce de rendre la visite plus intéressante. Lorsque nous passons à côté des vaches, elle demande au gars à quel âge elles commencent à produire du lait.

— Dix-huit ans, répond-il.

— Vraiment? demande Mme Creaser. Dix-huit ans? Je ne pensais pas que les vaches vivaient aussi longtemps.

Elle est simplement surprise. Elle ne dit pas qu'il se trompe ou qu'il ment, mais le gars se retourne brusquement et lui lance un regard meurtrier.

— Quoi? demande-t-il. Vous pensez que je ne sais pas de quoi je parle? C'est ce que vous voulez dire? Hein?

Il se met à jurer tout bas. Nous l'entendons tous. Nous sommes stupéfaits.

Ce n'est pas une façon de parler à Mme Creaser.

Tout le monde se tait et fixe le gars. Mme Creaser a rougi et son sourire est figé.

— Excusez-moi, monsieur Van Pett, puis-je vous parler en privé?

Moi, je n'aurais pas voulu aller dehors avec ce gars-là, mais Mme Creaser tient la porte ouverte comme si elle l'envoyait en pénitence dans le corridor. Ils sortent et elle referme la porte.

Je redoute d'être pris ici dans le noir avec Shane et la fourche. Les conversations vont bon train sur ce que Mme Creaser va dire à Van Pett. J'espère que ça tiendra Shane occupé jusqu'à ce qu'elle revienne. Je me rapproche d'Anna McCrae, par précaution. C'est la fille la plus gentille de la classe et en plus, elle est jolie. Shane essaie habituellement de se comporter en être humain à peu près décent lorsqu'elle est aux alentours.

Ils tardent à revenir. Shane vient de commencer ses moqueries sur le thème du cochon lorsque la porte s'ouvre.

Le gars entre. Son visage est tout rouge. J'imagine qu'il est embarrassé par son comportement de tout à l'heure.

— Votre maîtresse ne se sent pas bien. C'est moi qui mène maintenant, dit-il avec le sourire. Nous allons enfin nous amuser.

Chapitre six

Au début, nous sommes un peu anxieux. Tout le monde veut savoir ce qui est arrivé à Mme Creaser. Certains demandent à la voir. D'autres proposent même de repartir tout de suite.

Le gars est visiblement irrité. Il semble sur le point de perdre les pédales encore une fois, mais il se frotte simplement la tête et demande à tout le monde de se calmer.

Ses traits se radoucissent.

— Écoutez, dit-il, je vous dois des excuses. C'est que je ne vous attendais pas vraiment. J'ai beaucoup à faire aujourd'hui. Votre arrivée m'a stressé. Il hausse les épaules d'une manière étrange et j'ai presque pitié de lui. Ça se voit qu'il n'a pas l'habitude de parler comme ça.

Il regarde à terre et continue :

— J'ai fait des excuses à votre maîtresse. Je lui ai promis de ne plus me fâcher comme tout à l'heure. Elle m'a remercié et tout allait bien jusqu'à ce qu'elle ait une faiblesse. Je lui ai dit de ne pas s'en faire, que je m'occuperais de vous. Elle a dit que j'étais bien gentil.

Il nous regarde en souriant. Je remarque qu'il a une dent en or.

— Nous allons la laisser se reposer, dit-il, et pendant ce temps-là…

Avant qu'il puisse continuer, mes allergies se manifestent. Magistralement.

Je fais tout ce que je peux pour me retenir d'éternuer, mais il y a tant de foin et de poussière dans cette étable que c'est inévitable. Je me raidis. Je me pince les narines. Je retiens mon souffle.

Peine perdue.

L'éternuement est comme une fusée au décollage. Il commence dans mon ventre, gravit ma colonne vertébrale, atteint mes yeux et mon nez. Je n'arrive pas à le retenir. L'explosion est fulgurante.

La détonation est tellement forte que des filles crient comme si elles étaient attaquées par un chien enragé. Le pire, ce sont les boulettes de papier-mouchoir qui font éruption de mon nez comme les projectiles sanglants d'un fusil à deux canons.

Pendant une seconde, personne ne comprend ce qui s'est passé. C'est le silence complet. Puis quelqu'un examine de plus près les boulettes de papier-mouchoir et devine d'où elles viennent. Tout le monde me fixe d'un air dégoûté.

— Désolé, dis-je.

Ce qui les fait rire. Qu'est-ce que je pouvais dire d'autre?

Je me sens stupide et répugnant.

— TAISEZ-VOUS! crie le gars.

Le silence se fait aussitôt. Je sens venir un autre éternuement, qui s'annonce pire que le premier. Je sais que ça va être catastrophique. Je lève la main.

— Qu'est-ce que tu veux? demande-t-il d'un ton excédé.

— Y a-t-il une toilette quelque part? dis-je d'une voix timide.

— Ch'sais pas, répond-il.

Le directeur nous a dit que M. Van Pett n'est au Canada que depuis quelques années. On penserait qu'il a eu amplement le temps de découvrir s'il y a une toilette sur sa ferme.

Il y a quelque chose qui cloche ici, mais j'ai le cerveau trop embrouillé pour y voir clair. L'éternuement s'empare de moi. Mon ventre est projeté par en avant, ma tête est projetée par en arrière et j'expulse deux masses gélatineuses par les narines. Puis le sang se met à gicler.

C'est le tollé général. Quelques-uns reculent — intentionnellement! — dans le fumier frais pour s'éloigner. Le vide se fait autour de moi et je reste planté là, tête baissée et bras ballants, les narines pleines de morve sanguinolente.

Même le gars est dégoûté. Il a de nouveau de la difficulté à maîtriser sa colère.

— Tu as un problème? demande-t-il.

— Il me faut mes pilules contre les allergies, dis-je.

— Où sont-elles?

— Dans le bus, dis-je en essayant de ne pas avaler ce qui coule de mes narines.

— Je vous l'ai dit! Pas question d'aller dans le bus. Votre maîtresse est malade. Il ne faut pas la déranger.

— J'ai vraiment besoin d'un papier-mouchoir, dis-je.

Ça se voit qu'il n'est pas content.

— Qui a un papier-mouchoir? demande-t-il.

Personne ne répond.

Personne n'a de papier-mouchoir. Je suis le seul élève de cette classe qui ait parfois besoin de se moucher. Évidemment.

Le gars hausse les épaules.

— Tu n'as qu'à t'essuyer sur ta manche, dit-il, provoquant des cris et des haut-le-cœur.

Vicki Grant

— D'accord, ÇA VA, ÇA VA! dit-il.
Va chercher un papier-mouchoir dans
la maison. Tu as une minute. Si tu n'es
pas revenu après une minute, j'irai te
chercher, dit-il d'une voix menaçante.

Les élèves commencent à
marmonner.

Le gars sourit.

— Tu ne veux pas faire attendre tout
le monde, n'est-ce pas? dit-il.

Il ouvre la porte. Je sors en
courant, tête baissée. C'est humiliant.
J'aimerais pouvoir continuer à courir
sans m'arrêter et ne plus jamais les
revoir. Mais où irais-je? Cette ferme
n'est même pas à la campagne. Elle est
cent miles passé la campagne. Les gens
qui vivent par ici vont à la campagne
lorsqu'ils veulent se divertir.

J'éternue de nouveau. À quoi me
serviraient quelques papiers-mouchoirs?
Ils dureraient dix secondes. Je vais
continuer d'éternuer comme ça sans

arrêt tant que je n'aurai pas mes pilules. Encore heureux si je n'ai pas une crise d'urticaire.

Je jette un coup d'œil vers l'étable. Le gars ne peut pas voir la porte du bus à partir d'où il se trouve. Mon sac à dos est sur la banquette avant. Je pourrais aller chercher mes pilules en moins d'une minute. Je ne dérangerais pas Mme Creaser. Je pourrais même lui demander si elle a besoin de quelque chose.

Je me glisse devant le bus. Le chauffeur a la tête appuyée sur le volant.

J'imagine qu'il fait une sieste — jusqu'à ce que j'ouvre la porte et aperçoive Mme Creaser étalée sur le plancher, le visage dans une mare de sang.

Chapitre sept

Le chauffeur est sans connaissance. Il a les bras attachés derrière le dos et un T-shirt enfoncé dans la bouche. C'est barbare. Je l'enlève pour qu'il puisse mieux respirer.

Les mains de Mme Creaser sont attachées avec le foulard bleu qu'elle portait. Il l'a de toute évidence frappée à la tête mais, curieusement, c'est la

vue du foulard qui me trouble le plus.
Je ne sais pas pourquoi, mais ça me
semble particulièrement cruel d'attacher
quelqu'un avec son propre foulard. Tout
ça est tellement étrange. Les mouve-
ments de mon corps sont rapides et
saccadés, mais mon cerveau est comme
de la gélatine.

J'écarte une mèche de cheveux du
visage de Mme Creaser. Elle a une
grosse entaille au front, mais elle est
vivante. Elle entrouvre les yeux et
gémit. Je ne sais pas quoi faire. Je
pourrais utiliser la radio du chauffeur ou courir chercher de l'aide, mais
je suis trop abasourdi. Je tremble à
l'idée de ce que le gars me ferait s'il
m'attrapait.

J'ai besoin de l'aide de Mme Creaser.

— Ça va?

Je suis champion des questions
stupides. Elle gît dans une mare de sang.
Il est évident que ça ne va pas.

Comme je m'apprête à lui délier les mains, j'entends la voix du gars.

— Personne ne bouge! Je suis sérieux! Je reviens dans une seconde pour, euh, continuer la visite.

Je regarde par la fenêtre. Il se dirige vers le bus. J'essaie de détacher le foulard, mais je n'y arrive pas. Mes mains tremblent trop.

— Je vais revenir, dis-je, sans vraiment y croire.

Mme Creaser est gentille. Je ne veux pas qu'elle se sente abandonnée. Je m'apprête à sortir lorsque je me rappelle les papiers-mouchoirs. J'en attrape quelques-uns dans la trousse de premiers soins et descends du bus.

Par je ne sais quel miracle, j'arrive à courir jusqu'à l'arrière du bus sans que le gars me voie. Comme je veux avoir l'air de sortir de la maison, j'affecte un air désinvolte. J'essaie de marcher de façon nonchalante mais j'ai les jambes qui flageolent.

— J'en ai trouvé, dis-je en agitant les papiers-mouchoirs.

Mais j'évite de croiser son regard. Il pourrait lire la panique dans mes yeux. Je m'essuie le nez.

— Ça t'a pris du temps, dit-il. Je commençais à m'inquiéter.

Puis il m'agrippe le bras et m'entraîne vers l'étable.

— Je ne voudrais pas que tu manques le reste de la visite. Nous arrivons à la partie la plus intéressante. Prochain arrêt, dit-il en souriant, l'abattoir.

Chapitre huit

Le gars sourit encore lorsque nous arrivons à l'étable. On dirait qu'il commence vraiment à s'amuser. Ça ne présage rien de bon.

Je ne peux pas comprendre pourquoi M. Benvie voulait nous amener ici. Il connaît bien M. Van Pett. Il nous a dit qu'il le rencontrait souvent pour parler d'agriculture.

Il doit se douter que ce gars-là n'est pas normal. Il suffit de le regarder pour s'en rendre compte.

Et je ne fais pas allusion aux tatouages, à la dent en or ou au crâne rasé. Le petit ami de ma demi-sœur a tout ça plus un anneau dans la lèvre et c'est quand même un type bien. Même ma grand-mère l'aime.

Mais ce gars-ci? Il a beau sourire, ses yeux me font froid dans le dos. Je ne comprends pas que M. Benvie n'ait rien remarqué. Le gars cachait-il son jeu devant lui? A-t-il réussi à berner M. Benvie afin de nous attirer ici et…

Et quoi?

Que va-t-il faire de nous?

Pourquoi en voudrait-il à un groupe d'écoliers?

Ça n'a aucun sens.

Le gars tient la fourche dans sa main et sourit comme un moniteur de camp de vacances.

— Allons, tout le monde. Grouillez-vous. Il ne se passe pas grand-chose à l'étable, mais je pense que vous allez trouver le prochain bâtiment très intéressant.

S'il n'avait pas appelé une des filles *poupée*, on l'aurait pris pour un enseignant.

Je suis terrifié. Je veux dire à quelqu'un ce que j'ai vu — mais à qui? Je n'ai pas vraiment d'amis dans la classe. Si je m'approchais de quelqu'un pour lui parler, cet élève se mettrait probablement à crier et s'enfuirait en courant. Personne ne veut être proche de Cochonnet, surtout après cet éternuement.

Et même si je réussissais à m'approcher de quelqu'un, je ne pourrais pas lui parler. Le gars me surveille sans relâche. Il a une fourche à la main. Je ne pense pas qu'il serait le genre d'enseignant à vous laisser chuchoter en classe.

Le bâtiment est une simple cabane en rondins avec une porte en bois et des fenêtres barricadées. Le gars ouvre la porte et sourit à Anna McCrae.

—Après vous, dit-il en lui faisant un clin d'œil.

Le froid et l'obscurité sont palpables avant même d'entrer. Les élèves hésitent, mais il les pousse à l'intérieur.

—Allez, dépêchons! C'est ça. Il y a quelque chose à l'intérieur que je tiens à vous montrer.

Les élèves sont presque tous à l'intérieur lorsqu'Anna pousse un cri perçant.

—Il y a un homme ici. Il saigne!

Les événements se précipitent. Des élèves entrent en vitesse pour voir. D'autres essaient de sortir. Le gars commence à les repousser avec la fourche. Tout le monde se bouscule en criant. C'est la panique générale.

J'en profite pour m'enfuir à quatre pattes en longeant la cabane sans qu'il me remarque. Je m'attends à tout moment à ce qu'il se lance à ma poursuite.

Le gars referme la porte, pousse le verrou et s'éloigne. Les cris terrifiés des élèves ne semblent pas le déranger du tout. Il se retourne une seule fois, surpris par le vacarme qui vient du bâtiment. Je suppose que quelqu'un essaie d'enfoncer la porte de l'intérieur. Il y a peu de chances que ça réussisse. Le gars éclate de rire et continue à marcher.

Je voudrais qu'il continue à marcher sans s'arrêter.

S'il est parti assez longtemps, j'arriverai peut-être à ouvrir la porte. Et si nous nous serrons les coudes, nous pourrons peut-être le terrasser. Qui sait? La brutalité de Shane pourrait enfin s'avérer utile.

Mais il y a des chances que Shane soit si heureux d'avoir trouvé quelqu'un comme lui qu'il se rangerait plutôt de son côté.

Le gars s'arrête. Il s'appuie sur la clôture et sort une cigarette. Quinze allumettes plus tard, il réussit à l'allumer. Il la fume avidement.

Soudainement, j'entends une sonnerie. Je sursaute — mais le gars ne semble pas surpris. Il grimpe sur un baril appuyé contre le mur de l'étable et farfouille dans la gouttière. Il en sort un téléphone cellulaire.

— Ouais, dit-il.

Je n'entends pas ce que dit l'autre personne, mais je vois qu'il enrage de plus en plus.

Je vous épargne les jurons.

Son visage tourne au pourpre.

— C'est pas ma faute! Comment voulais-tu que je t'appelle? Tu m'avais dit qu'il n'y aurait qu'un homme ici.

— Eh bien, tu avais tort, n'est-ce pas? poursuit-il. Un groupe d'écoliers, voilà ce qui est arrivé… Non. Pas deux ou trois! Vingt ou trente — plus une maîtresse d'école et un chauffeur d'autobus! Mais je me suis occupé d'eux, ajoute-t-il en riant.

Son interlocuteur dit quelque chose et le gars éclate.

— Ne me dis pas de me calmer! *Toi,* tu te calmes! Il faut que je sorte d'ici au plus vite ou je suis fait. Les flics vont finir par deviner ce qui se passe. Alors, qu'est-ce que je fais maintenant, Einstein?

Le gars marche de long en large comme un taureau prêt à charger. Il a un tic bizarre qui lui fait tordre son cou à droite et à gauche comme dans les films d'horreur lorsque quelqu'un s'apprête à se métamorphoser en un monstre assoiffé de sang.

— Bien sûr qu'ils ont vu mon visage! Ils pensent que je suis Van Pett — du moins ils le pensaient jusqu'à ce que je les enferme avec lui…

Ça va vous paraître idiot, mais jusqu'à maintenant je croyais qu'il était Van Pett. Que de vivre ici tout seul et sans aucun confort l'avait rendu fou. C'est l'effet que ça aurait eu sur moi.

Je commence à comprendre que l'humeur bizarre du gars n'est pas seulement passagère. Ça doit faire des années qu'il est détraqué. Shane ne fait pas le poids à côté de lui. Un simple amateur.

— Je te l'ai dit! Il ne faut pas qu'il y ait de témoins, dit-il. Je n'y retournerai pas.

Il laisse parler son interlocuteur, puis le tic le reprend. Il rit.

— Ouais, dit-il. Je pourrais faire ça. La mise en scène d'accidents tragiques, c'est ma spécialité…

Chapitre neuf

Ses derniers mots me donnent la chair de poule. Un frisson me parcourt le dos. Les accidents font des blessés. Les accidents *tragiques* font des morts. Je ne sais pas ce que le gars nous réserve, mais ça n'a rien de rassurant.

Il écoute encore, puis ferme le cellulaire en le faisant claquer. Son cou se convulse de nouveau et il disparaît le long de l'étable.

Il faut que je passe à l'action. Qui sait quand il reviendra — ou ce qu'il rapportera avec lui? Un couteau? Un fusil? Une bombe? Mon imagination déborde.

Je traverse la basse-cour en courant. Mes pieds touchent à peine terre. Je m'accroupis derrière un vieux chariot et reprends mon souffle.

Je ne peux pas voir le gars, mais je sais qu'il est encore derrière l'étable. J'entends les cochons grogner sur son passage. Ces pauvres animaux manquent cruellement de compagnie. Ils deviennent fous de joie lorsque quelqu'un s'approche d'eux.

L'autobus est plus proche que la maison, mais la peur me fait hésiter. Si le gars me voit et monte dans le bus derrière moi, je serai fait comme un rat.

Je décide d'aller dans la maison. J'y trouverai peut-être un téléphone.

Je pars comme une flèche et cours à toutes jambes jusque devant la maison. Je m'arrête pour écouter. Aucun bruit. Je peux respirer. Tout va bien pour l'instant.

J'ouvre la porte et me glisse à l'intérieur. C'est vraiment paisible. Pas seulement silencieux, mais paisible. Il est évident que la personne qui vit ici range ses choses au fur et à mesure et se couche tôt. On dirait une maison de vieille.

J'avance à pas feutrés jusqu'au salon et une drôle de sensation m'envahit. Comme si j'étais venu ici avant. Je sais que ça ne se peut pas — mais pourquoi est-ce que tout me semble si familier? Je regarde autour. Un plancher de bois, des chaises de bois, une table de bois. Un de ces petits tapis que les gens font avec de la guenille tressée. Deux vieilles lampes au kérosène. Un foyer.

Tout à coup, ça me revient. J'ai vu tout ça au musée. Ça ressemble à s'y méprendre à la pièce de style colonial

dans la section des maisons historiques.
On nous y amène de force tous les ans.
Tout ce qui manque ici, c'est le cordon
rouge pour bloquer la porte et la guide
en robe longue et chapeau ancien.

Je ne m'attends pas à trouver un
téléphone dans un tel endroit, mais ça ne
m'empêche pas de chercher. Je ne peux
pas abandonner mon seul espoir. C'est
comme si j'avais deux cerveaux qui me
disent chacun quoi faire. Le premier me
dit : « Trouve un téléphone! Appelle au
secours ! » L'autre dit : « Ne perds pas ton
temps! Ce gars-là vit comme si on était
en 1895. Il n'y a pas de téléphone ici! Il
n'y a pas de papiers-mouchoirs non plus.
Sauve-toi! Prends tes jambes à ton cou! »

Je tourne en rond comme un idiot. Je
ne sais pas lequel écouter.

J'aurais sans doute continué à
tourner en rond tout l'après-midi si
je n'avais pas entendu ouvrir la porte
d'en arrière.

Chapitre dix

Je jette un coup d'œil autour de moi. Il n'y a nulle part où se cacher. Pas de gros sofa. Pas de gros rideaux. Pas d'armoire. Je ne sais pas quoi faire.

Mon cerveau se fige. Je suis pétrifié.

Cependant, mon corps fonctionne toujours. Il aperçoit le foyer. Avant que j'aie pu y réfléchir, je me glisse à l'intérieur. Je dois ramener mes genoux sous mon menton pour ne rien laisser dépasser.

Je viens tout juste de dissimuler le bout de mon pied gauche lorsque le gars arrive en trombe dans la pièce. Il est furieux. Il écume de rage et jure comme un charretier. Il court vers le foyer. Seule une petite table de bois l'empêche de me voir. S'il baisse les yeux, je suis cuit.

Je ferme les yeux. Si je dois mourir, je ne veux pas que ce soit en regardant sa tête hideuse. Je me prépare mentalement.

Il n'arrive rien. Du moins, pas à *moi*.

Le gars fait revoler tout ce qui se trouve sur le manteau de cheminée. Il donne un coup de pied à la petite table. J'entrouvre les yeux. Son genou est à six pouces de mon visage. De toute évidence, il ne sait pas que je suis là.

Une fine poussière de suie se met à tomber sur moi. J'en ai dans les yeux, le nez, la chemise. En temps normal, j'éternuerais à répétition.

Mais pas cette fois-ci. Pas même un picotement. Je suppose que la terreur est encore plus efficace que les pilules pour les allergies. À vrai dire, j'aimerais mieux les pilules si j'avais le choix.

Je regarde ses grosses bottes marteler le plancher. Il cherche quelque chose — mais sans vraiment s'en donner la peine. Ça se voit qu'il n'est pas patient. Il abandonne rapidement.

— Elles ne sont pas ici! hurle-t-il.

Je constate qu'il ne crie pas que pour le plaisir. Il parle au téléphone cellulaire.

— Ouais, je te l'ai dit! J'ai trouvé le kérosène… Ouais, ça aussi. Le problème, c'est que je n'ai plus d'allumettes. Arrête de me harceler. J'avais besoin de fumer. Dis-moi seulement où sont les allumettes!

Il y a un silence. Puis le gars jette quelque chose contre le mur. Toute la maison tremble — moi compris. Il se précipite dans la cuisine.

— T'AURAIS PAS PU LE DIRE AVANT?!?

Bien que mon cœur batte la chamade, j'entends chacun de ses mots.

— Oui, je suis dans la cuisine maintenant!… Qu'est-ce que tu veux dire, « la dépense »? Comment est-ce que je suis supposé savoir ce qu'est une dépense?! Dis-moi seulement où elles sont! C'est toi qui as travaillé ici, pas moi. Je ne sais pas où il garde ses allumettes! Si je dois brûler la cabane, j'ai besoin d'allumettes!…

Brûler la cabane.

J'entends les mots. Je les reconnais. Mais il me faut plusieurs longues secondes pour en saisir le sens. Il veut mettre le feu à la cabane en rondins — avec tout le monde dedans. C'est pour ça les allumettes. C'est pour ça le kérosène. C'est *ça* l'accident tragique.

J'entends le grincement d'une chaise sur le plancher. Un bruit de vaisselle cassée. Des pas précipités, des objets qu'on lance. Il sème la pagaille. Et puis, plus rien.

— Ouais, je les ai trouvées, dit-il.

Il claque la porte et tout redevient tranquille. Il est sorti. Je peux respirer.

Je veux trouver une cachette — une *vraie* cachette — et y rester jusqu'à ce que le gars soit parti pour de bon. Il ne se rendra pas compte qu'il manque un élève. Il va simplement brûler la cabane, puis partir. Les policiers finiront par arriver. Je leur expliquerai. Ils comprendront.

Bien sûr…

Ils comprendront que je suis une poule mouillée. Que j'ai laissé mourir tous les élèves de ma classe. Que j'aurais pu les sauver, mais que j'ai préféré sauver ma peau.

Ma vie n'est pas agréable. Mais imaginez ce qu'elle serait si Shane mourait. Il deviendrait un héros. Ceux qui meurent deviennent toujours des héros. Personne ne se rappellerait que c'était un pauvre type qui tyrannisait les autres, qui m'a tourmenté chaque jour de ma vie. Tout ça serait oublié. Shane serait le héros mort. Moi, je serais le froussard vivant. Ma honte serait éternelle.

Il faut que j'essaie de faire quelque chose. Personne ne pourra me blâmer si je fais au moins un effort.

Je m'extirpe du foyer et me dirige vers la fenêtre. J'espère que le gars ne pourra pas m'apercevoir à travers les rideaux de dentelle.

Je le perds de vue de temps à autre à cause du bus. Mais j'aperçois un bidon près de la cabane. Je suppose que c'est le kérosène. Ma grand-mère en garde au chalet en cas de panne de courant. C'est comme de l'essence à briquet. S'il en répand autour de la cabane, celle-ci s'enflammera comme un sac en papier. Personne ne survivra. Je me remets à trembler.

Je vois le gars qui traîne le chauffeur d'autobus vers la cabane. Une minute plus tard, c'est au tour de Mme Creaser. Elle se débat, mais le gars fait comme si de rien n'était.

Il faut que je fasse quelque chose. Je cours à la cuisine. Il me faut une arme. Un marteau. Une poêle à frire. Quelque chose. Ça peut vous paraître idiot, mais j'espère me glisser derrière lui et le frapper. Je me crois capable de l'arrêter.

J'aperçois dans la cuisine quelque chose de mieux qu'une arme.

Son téléphone cellulaire.

Chapitre onze

Le cellulaire est sur la table, à côté des cigarettes. J'essuie mes mains souillées de suie et compose le numéro.

— Neuf un un, répond une voix féminine. Quelle est votre urgence?

Comme à la télé.

Je commence à lui expliquer — du moins j'essaie. Elle doit me prendre pour un cinglé. Je suis terrifié à l'idée que le gars revienne pour me tuer. Je n'arrive pas à me concentrer. Mon histoire n'a ni queue ni tête. J'ai peur qu'elle raccroche. Je dis qu'un gars a enfermé tous les élèves de ma classe dans une cabane et s'apprête à y mettre le feu. Qui va me croire?

L'opératrice me croit. Du moins, elle *semble* me croire. Elle me pose plein de questions.

— Essaie de rester calme, dit-elle. Quel est ton numéro de cellulaire?

— Je ne sais pas, dis-je. Il n'est pas à moi.

— Ça va, dit-elle. Donne-moi seulement ton adresse.

— Vous voulez dire où j'habite?

Quelle réponse idiote. Pourquoi voudrait-elle savoir où je vis?

Mais elle ne rit pas et reste patiente.

— Non, dit-elle. Ton adresse actuelle. Là où tu te trouves maintenant.

Je n'ai aucune idée où se trouve cette ferme de malheur. Je n'ai pas fait attention au chemin que nous avons pris pour venir ici. J'avais bien d'autres chats à fouetter.

Je fais un effort pour me rappeler le nom de cette ferme que le directeur a mentionné. J'étais si fâché qu'il n'ait pas annulé la sortie que je n'ai pas écouté. J'essaie de me rappeler le formulaire de permission que ma mère a signé. Qui lit ces choses-là? Pas moi. Comment M. Benvie a-t-il appelé cet endroit de merde?

Tout ce que j'ai en tête c'est l'image du gars revenant pour me liquider.

— Es-tu toujours là? demande l'opératrice.

— Euh…, dis-je. Je suis là.

C'est où *là*? Dis-lui quelque chose.

— Nous sommes au bout d'un chemin de terre, dis-je. Loin de la grande route.

— Quelle grande route? demande-t-elle.

Je ne sais pas. Il y a plus d'une grande route?

— Essaie de te rappeler quelque chose que tu as vu le long de la route, dit-elle.

Les dents jaunes de Shane? Le cadre métallique de la fenêtre du bus? Mes camarades amusés? Ça ne servirait à rien. Avant ça, qu'est-ce que j'ai vu?

—Euh… euh… des postes d'essence! dis-je. Des beigneries! des maisons! des chiens… des arbres…

Je suis désespéré. Quel idiot.

Tout d'un coup, mon cerveau se remet à fonctionner.

— Nous sommes sur une ferme! dis-je. Des cochons… des vaches… vous savez? Pas d'électricité. Pas d'eau courante… euh.

Je dis n'importe quoi, et à toute vitesse. Comme dans les

jeux-questionnaires lorsque l'horloge égrène les secondes. Que puis-je lui dire d'autre?

Comment ai-je pu oublier? Bien sûr!

— Van Pett! dis-je. Van Pett!

Du coin de l'œil, je perçois un mouvement dans la basse-cour. Le gars se dirige vers la maison.

— Qu'est-ce que tu veux dire? demande l'opératrice.

Je file au salon en courant.

— C'est à lui! dis-je.

J'entends grincer les marches qui mènent à la porte d'en arrière.

— Quel est son prénom? demande-t-elle.

— Je ne sais pas! dis-je en chuchotant. Appelez l'école. Appelez…

Quel imbécile! J'aurais dû y penser avant. Je n'avais qu'à mentionner l'école secondaire Gorsebrook! Elle aurait téléphoné. Le directeur sait où nous sommes. Trop tard maintenant.

Je ne peux plus parler. La porte vient de s'ouvrir.

Je coupe l'appel… et mon contact avec la seule personne qui pouvait m'aider. Qui sait si je pourrai encore lui parler? Mais je ne dois émettre aucun son.

Il jure encore.

— Où sont mes cigarettes?

Il fait un chahut dans la cuisine, puis pousse un grand soupir.

— Ah, les voilà.

Puis il s'arrête. Quelque chose ne tourne pas rond. Je le sens. Un silence de mort envahit la maison.

— Qu'est-ce que…? dit-il.

Il se dirige vers le salon. Je regarde à terre et comprends pourquoi. Il suit les traces de mes semelles.

De mes semelles pleines de suie.

Chapitre douze

Les événements se précipitent et je n'ai pas le temps de réfléchir. J'attrape la première chose à portée de main et me jette sur lui. Je vise sa tête, mais j'atteins plutôt sa poitrine. Avec une lampe au kérosène.

Je n'ai pas réussi à l'assommer, mais il tombe par terre. L'huile de la lampe et les débris de verre ralentissent ses efforts pour se relever et j'en profite pour l'enjamber et courir vers la porte.

J'éprouve un étrange sentiment de culpabilité pour avoir brisé la lampe. C'était probablement une antiquité. Peut-être même la lampe préférée de Van Pett, qui sait? C'est curieux les choses qui vous passent par la tête lorsque quelqu'un essaie de vous tuer.

Je me précipite dans la basse-cour. Je ne sais pas par quoi commencer. Essayer d'ouvrir la porte de la cabane pour libérer mes camarades? Détacher Mme Creaser et le chauffeur qui gisent à l'extérieur?

J'entends le gars bouger dans la cuisine. Je n'arriverai jamais à la cabane avant lui. Je n'ai ni le temps ni le choix. Je saute dans le bus.

Je vais aller chercher du secours. Je ne peux rien faire d'autre.

Je n'ai jamais conduit un autobus — ou quoi que ce soit d'autre — mais ça ne peut pas être si difficile. Je voyage en bus tous les jours depuis dix ans. J'ai vu comment font les chauffeurs. Je peux le faire moi aussi. Je *dois* le faire.

Je referme la porte derrière moi et saute sur le siège du chauffeur. J'étire mes jambes au maximum pour rejoindre les pédales. Le gars se tient devant le bus et me regarde. Il éclate de rire.

Soudainement, je n'ai plus peur.

Ce n'est pas tout à fait vrai. J'ai encore peur. Mais maintenant, je suis aussi en colère. J'en ai assez de faire rire de moi. Je vais l'écraser! C'est tout ce qu'il mérite. Il suffit que j'arrive à mettre le bus en marche et c'en est fini de lui.

Je me penche pour tourner la clé. Elle n'est pas là.

Je viens de comprendre pourquoi le gars rit. Il lève la main et agite un trousseau de clefs.

Le gars est fort comme un bœuf. Je n'ai pas la moindre chance. Il me traîne jusqu'à la cabane comme si j'étais un sac d'ordures. Il m'attache à côté de Mme Creaser. La corde me coupe les poignets. Il l'a fait exprès.

— Ça va? demande Mme Creaser d'une voix faible.

Je secoue la tête.

— Moi non plus, dit-elle.

— Avec moi, ça fait trois, dit le chauffeur d'une voix rauque.

Mme Creaser et moi sursautons.

— Vous êtes vivant! dis-je.

— Ouais… mais pas pour long-temps.

C'est l'abruti qui a répondu. Il a le sourire fendu jusqu'aux oreilles, comme s'il venait de faire une bonne blague. Ou peut-être parce qu'il prend plaisir à terrifier les gens. En tout cas, il a l'air de s'amuser ferme.

Il se frappe la joue et agrandit les yeux. Ils sont d'un bleu hors de l'ordinaire. Mais ça n'aide rien. Il a l'air encore plus fou.

— J'ai oublié de vous dire quelque chose, maîtresse! dit-il.

Il prend un air faussement désolé.

— Au programme de votre visite, j'ai inclus un accident tragique. Tout ça pour le même prix, bien sûr. Et après cet accident tragique, je vais même — vous savez — faire disparaître les cadavres…

Mme Creaser est suffoquée. Elle voit le bidon. Elle voit le regard du gars. Et elle comprend qu'il est sérieux. La terreur se lit dans ses yeux.

Je suis terrifié moi aussi. Mais je suis tellement écœuré d'entendre le gars dire « accident tragique » que je veux le tuer. On dirait qu'il vient tout juste d'apprendre le sens du mot *tragique* et qu'il veut nous impressionner. J'ai envie de lui dire que nous avons compris. Qu'il n'a pas besoin de le répéter.

Le gars ramasse le bidon.

— Faites vos prières… dit-il d'une voix mielleuse.

— Les victimes d'accidents ne meurent habituellement pas les mains attachées derrière le dos, dis-je.

Je m'attire toujours des ennuis lorsque je fais ça — vous savez, faire comme si j'étais le plus fin. Mais ai-je le choix?

J'ai peur que le gars se fâche, mais il se contente de hausser les épaules. Il est trop idiot pour comprendre ce que je veux dire.

— Et alors? dit-il. Toi, tu es spécial! Traitement de faveur pour toi, ajoute-t-il en me pinçant la joue très fort.

Il sourit de sa propre blague et visse le bec verseur sur le bidon.

— Ce que je veux dire, c'est que personne ne va croire à un accident si nous sommes attachés.

Il comprend enfin. Il lève le bras pour me frapper.

— Ou si nous sommes couverts de bleus, dis-je rapidement.

Il s'arrête. Je ne sais pas pourquoi. Quelle différence est-ce qu'un bleu de plus pourrait faire?

— Ils sauront que c'est un incendie criminel et vous pourchasseront. Vos empreintes doivent être partout. Vous ne pouvez pas mettre le feu.

À vrai dire, je n'en suis pas certain. Pourquoi ne pourrait-il pas mettre le feu? Il a des allumettes.

Le tic le reprend. Il met la main dans sa poche. Il va sans doute en sortir son cellulaire. Non, c'est un pistolet!

Il m'attrape et me met debout. Il me détache de sa main gauche et recule de quelques pas tout en gardant le pistolet pointé sur moi. Je suis sur le point de dire qu'une balle dans la tête n'aurait pas l'air d'un accident non plus — mais ça l'inciterait peut-être à me descendre tout de suite. Autant me la fermer et faire ce qu'il me dit. Pour l'instant, du moins.

— Détache les autres, dit-il.

Le nœud du chauffeur d'autobus se détache facilement, mais je n'arrive pas à défaire celui de Mme Creaser. Mes mains tremblent. Le gars s'impatiente. Je me mets à trembler encore plus fort. Finalement, j'en viens à bout avec mes dents. J'ai bavé sur le poignet de Mme Creaser et m'en excuse. Elle hausse les épaules comme si ce n'était rien.

— Aide-les à se relever, dit le gars.

Il ouvre la porte.

— Entrez, dit-il. *Maintenant,* faites vos prières, ajoute-t-il en souriant de nouveau.

— Vous devriez faire les vôtres aussi, dis-je.

Je cherche les ennuis, c'est évident, mais c'est un risque que je dois courir.

Il plisse les yeux comme s'il ne pouvait plus supporter ma vue. Son visage se convulse, mais il ne tire pas.

— Si vous frottez cette allumette, vous serez le premier à vous enflammer. Vous êtes couvert de kérosène. Vous savez… ce petit *accident* avec la lampe…

Le gars perd les pédales. Il s'élance sur nous comme un animal enragé. Il nous pousse durement en criant « EN DEDANS! »

Nous nous écroulons à l'intérieur de la cabane. Le chauffeur tombe par-dessus moi et Mme Creaser. Il pèse une tonne.

Les autres élèves accourent pour nous aider. Le gars tire un coup de feu en l'air. Les élèves crient et s'arrêtent à mi-chemin.

Le gars referme. Nous entendons glisser le verrou.

Chapitre treize

Pendant quelques secondes, personne ne bouge. Je suppose que tous veulent s'assurer que le gars est vraiment parti. Puis ils se précipitent pour nous aider. Ou, plutôt, pour *être* aidés.

— Qu'allons-nous faire, Mme Creaser? demandent-ils en pleurnichant.

Elle essaie de répondre, mais elle a la bouche pâteuse. Elle a reçu un autre coup à la tête en heurtant le sol. Des élèves l'aident à s'adosser au mur.

Personne ne vient à ma rescousse. Je pense qu'ils ne se sont même pas aperçus que j'étais parti. Je me relève sans aide.

Il fait noir dans le bâtiment. Quelques rayons de lumière filtrent par les petits trous du toit. Ça sent le foin, le fumier et la peur.

Je comprends vite que les adultes ne nous seront d'aucun secours. Mme Creaser est dans un état lamentable. Le chauffeur n'est pas mieux : tout ce stress l'a ébranlé et il craint pour son cœur. M. Van Pett — le vrai M. Van Pett — a un bras cassé. Son avant-bras forme un *L* grotesque. J'ai un haut-le-cœur rien qu'à le regarder.

Je ne pense pas que les élèves puissent être très utiles eux non plus.

La plupart pleurent, blottis les uns contre les autres. Shane est assis dans un coin tout seul, comme s'il était en pénitence. Il ne me fait plus peur. Sam DeMont — Monsieur Popularité — déblatère sur l'école et sa responsabilité dans cette affaire. Si le directeur n'avait pas interdit les cellulaires, rien de tout ça ne serait arrivé. Nous aurions pu demander du secours, dit-il. Nous serions tous de retour chez nous à l'heure qu'il est!

Mais nous n'avons pas de cellulaires et nous ne sommes pas chez nous. Nous sommes dans un bâtiment sombre et verrouillé et nous attendons qu'un maniaque mette le feu.

J'imagine que le gars est occupé à se débarrasser du kérosène dont il est couvert. Je me demande combien de temps ça lui prendra. Heureusement que Van Pett n'a pas l'eau courante dans la maison. Le gars va devoir se nettoyer à la pompe située dans la cour.

Ça nous donne quelques minutes de plus.

J'aimerais que les autres cessent de gémir et de pleurnicher — ça m'empêche de réfléchir. Mais je n'y peux rien. Sam me tombe particulièrement sur les nerfs. Il n'arrête pas de se plaindre. Les enseignants ont droit aux téléphones cellulaires. Pourquoi pas les élèves?

J'ai envie de lui répondre qu'on s'en fout, mais je me tais. Cependant, ça me donne une idée.

Je cours vers Mme Creaser. Je dois la secouer pour la réveiller.

— Avez-vous un téléphone cellulaire? dis-je.

Elle fait signe que oui. Mon cœur fait un bond. Si j'appelle le 9-1-1, les policiers arriveraient peut-être avant le retour du détraqué.

— Il est dans le bus, dit-elle.

Mon cœur bondit de nouveau, mais cette-fois-ci ce n'est pas de joie. Je me demande s'il n'aurait pas été préférable que le gars nous tue et qu'on en ait déjà fini.

Je ne peux pas rester à attendre sans rien faire. J'essaie de raisonner logiquement. Quelles sont nos chances de sortir d'ici vivants? La porte est verrouillée. Pas la peine d'essayer. En tâtonnant dans le noir, je repère une des fenêtres et tente de l'ouvrir. Les planches qui la couvrent sont fermement clouées.

— Tu perds ton temps, dit quelqu'un. Nous avons déjà essayé.

Je connais cette voix. Je l'entends tous les soirs avant de m'endormir. C'est la voix de Shane. Mais le ton est différent. Cette fois-ci, il ne me traite pas d'idiot et ne m'appelle pas Cochonnet. Il se contente de m'informer d'un fait — comme dans une conversation entre des gens normaux. Ça me fait tout étrange.

— Bon, d'accord, dis-je.

Il est moins antipathique lorsqu'il a peur.

Je m'approche de Van Pett. Il est soit en état de choc, soit très brave. Il est assis là, tenant son bras cassé. Il ne pleure ni ne geint comme je le ferais si j'étais à sa place.

— Y a-t-il un autre moyen de sortir d'ici? dis-je. Comme une trappe?

Il secoue la tête. Quelle question idiote! Van Pett l'aurait certainement déjà mentionnée si elle avait existé.

— Y a-t-il quelque chose que nous pouvons défoncer? Un point faible quelque part?

— Non, répond-il. C'est du solide. J'ai construit cette cabane moi-même pour entreposer mes semences. Je suis désolé, ajoute-t-il tristement.

Je ne sais pas s'il est désolé d'avoir construit aussi solidement ou de nous avoir invités à visiter sa ferme.

— Vous ne pouviez pas savoir, dis-je au hasard.

Je m'éloigne et essaie de trouver une solution par moi-même. Il *doit* y avoir une façon de sortir d'ici — autre que celle que le gars a prévue pour nous.

Distraitement, je fixe les petits points de lumière sur le plancher.

Puis, soudainement, le déclic se fait dans mon cerveau.

Quel idiot! Ce n'est pas vers le bas qu'il faut regarder, mais vers le haut!

Il y a de petits trous dans le toit. En d'autres mots, de petites ouvertures vers l'extérieur. Si je parviens au toit, je pourrai peut-être agrandir un de ces trous et me glisser à l'extérieur.

Je retourne auprès de Mme Creaser.

— Il est où votre téléphone? Où dans le bus?

Elle serait sans doute curieuse de savoir où je veux en venir si sa tête ne lui faisait pas si mal. Mais elle se contente de répondre :

— Dans mon sac à main.

— Il a l'air de quoi, votre sac à main?

— Vert foncé, dit-elle. Le téléphone… est… dans la poche extérieure… ou de côté… la petite… à côté de la trousse de maquillage… ou dans…

Je vois qu'elle a de la difficulté à parler. Je l'interromps.

— Ouais. Ne vous inquiétez pas. Je vais le trouver.

J'empile des sacs de semences sous le plus gros trou dans le toit. Personne ne s'intéresse à ce que je fais. Je grimpe sur le tas. J'espère attraper une poutre et me hisser dessus.

Il devient vite évident que je n'y arriverai pas. Je suis trop chétif pour me hisser où que ce soit.

Le gars va revenir d'une minute à l'autre. Il n'y a pas de temps à perdre. Je ravale ma fierté.

— Shane, dis-je. J'ai besoin de ton aide.

Chapitre quatorze

Je déteste le lui demander, mais Shane est le gars le plus costaud de la classe. Il n'aura aucune difficulté à me soulever. Je l'ai imaginé des centaines de fois — Shane me jetant du haut d'une falaise, dans un fossé profond, par-dessus un mur… enfin, vous voyez.

— Bien sûr, dit-il. Que veux-tu que je fasse?

On croirait entendre un scout.

— Soulève-moi jusqu'à la poutre.

Il grimpe sur les sacs de semences et me hisse au-dessus de sa tête sans effort. Il passe une remarque sur ma maigreur, mais ça ne me vexe pas.

Les pieds appuyés sur ses épaules, je réussis à m'allonger sur la poutre. Je me glisse sur le ventre jusqu'au trou dans le toit. Je suis content qu'il fasse si noir. Ça m'évite de voir l'espace béant sous moi.

Je m'attaque aux bardeaux. Les morceaux que je réussis à arracher ne sont pas plus gros que des croustilles. À ce rythme-là, il me faudra des heures pour déboucher sur le toit.

Quelque chose touche mon épaule. C'est un manche de pelle.

— Essaie avec ça, dit Shane.

J'insère le bout de la pelle dans le trou. J'appuie le manche contre la poutre et pousse vers le bas. Ça agit comme un levier. Un morceau de toit s'arrache. Je passe proche de tomber lorsqu'il cède. Je reprends mon équilibre et recommence. J'arrache un autre morceau, qui me tombe en plein visage. Je crache des éclats de bardeau et recommence. L'ouverture est maintenant aussi grande qu'un siège de toilettes.

Le soleil entre et éclaire le plancher comme un projecteur. Mes camarades ne pleurent plus — enfin, presque. Ils essaient de voir ce que je fais.

— Je vais sortir, dis-je.

J'aime le son de ces mots. C'est ce que disent les héros des films de guerre juste avant de se jeter en bas de l'avion. Il me semble que je devrais dire quelque chose comme « À la revoyure! » en faisant un clin d'œil. Ce serait cool. Mais faut pas se leurrer. Je ne suis pas cool. J'aurais l'air idiot. Je reviens donc sur terre et dis :

— Je vais essayer de faire quelque chose pour l'arrêter. Si vous continuez d'agrandir le trou, vous pourrez sortir vous aussi.

— Ouais, dit Shane. Nous allons essayer.

Il ne semble pas vraiment optimiste. Il sait sans doute qu'il faudra au moins une heure avant que l'ouverture soit assez grande pour qu'il puisse passer.

Je dois faire un effort pour passer par le trou. C'est serré, même pour moi qui suis de loin le plus maigre de la classe. Je réussis à sortir la tête et les épaules, mais les bords rugueux du trou m'égratignent le ventre et retiennent mes jeans. J'ai beau tirer et me tortiller, c'est peine perdue. Je suis coincé. Il n'y a pas une seconde à perdre. Je n'ai pas le choix.

J'utilise mes pieds pour faire tomber mes souliers. Je descends la fermeture éclair de mes jeans.

Évidemment, je ne porte pas le boxer que ma demi-sœur m'a offert à Noël.

Non, aujourd'hui je porte un banal slip de coton blanc. C'est ma mère qui me les achète. Celui-ci doit avoir cinq ans et il est presque transparent.

Je m'en fous. J'enlève mes jeans et me hisse par le trou. J'imagine la réaction de Shane lorsqu'il les voit atterrir.

J'ai déjà commencé à glisser le long du toit lorsque je me rends compte de la distance qui me sépare du sol.

Chapitre quinze

J'atterris sur un chariot de foin. (Ma mère dirait : « Vois comme tu es chanceux! », ne tenant aucun compte du fait qu'un fou essaie de me tuer.) Je me cogne la tête sur un montant du chariot, mais ce n'est pas grave. Je trouve mes lunettes et me dépêche de me relever.

Je vais trouver le cellulaire, rappeler le 9-1-1, puis essayer d'arrêter le gars avant qu'il mette le feu à la cabane.

L'arrêter comment?

Je n'en ai aucune idée.

J'ai atterri derrière le bâtiment. Je me faufile à l'avant, vérifie que la voie est libre, puis cours vers le bus. J'ouvre la porte d'un coup sec. C'est un vrai fouillis. Comment vais-je trouver le sac à main de Mme Creaser?

J'explore à coups de pied. Un sac à main bleu. Un brun. Un vert! C'est celui-là.

Je fouille dans la poche de devant. Pas de téléphone. Je verse une partie du contenu sur le plancher. De quelle poche voulait-elle parler? Le sac est couvert de poches. Je suis furieux et terrifié. Je n'ai pas le temps de jouer aux devinettes.

La porte de la cuisine claque. Le gars descend les marches. Il a changé de vêtements. Il a l'air moins cinglé. Il a l'air d'un fermier qui va faire un tour en ville.

Il a de toute évidence réussi à se nettoyer. Rien ne peut l'arrêter maintenant. Je n'ai toujours pas trouvé le téléphone. Tant pis. J'enfile le sac en bandoulière. Je chercherai le téléphone plus tard. Pour l'instant, il me faut une arme. Je balaie le bus du regard.

Faut pas rêver en couleur. Quel enseignant nous laisserait apporter des armes en sortie scolaire? Je trouverai peut-être quelque chose dans la basse-cour.

Non. Je n'ai plus le temps. Le gars est presque rendu à la cabane. Il faut que je l'arrête par quelque moyen que ce soit.

Je sors du bus en courant.

— Ohé! dis-je. Vous, là-bas!

Il se retourne et m'aperçoit.

— Toi! crie-t-il.

Il me fusille du regard.

Le gars n'a pas les idées claires. Il a enfermé vingt-neuf élèves dans un bâtiment. Il est debout à côté avec du kérosène et des allumettes. Il devrait mettre le feu pendant qu'il en a l'occasion.

Non.

Il laisse tomber les allumettes et part à courir après le seul élève qui ne soit pas enfermé.

Il a une lueur sauvage dans les yeux. Il court la tête rentrée dans les épaules. Il montre les dents et son visage trahit une haine viscérale.

Il se met à crier. Au début, je ne comprends rien. Ce n'est qu'une fois de l'autre côté de l'étable que je l'entends clairement.

— Où est ton pantalon? hurle-t-il.

On dirait que c'est la seule chose qui lui importe.

Si je n'étais pas si pressé — et mort de peur — j'éclaterais de rire. Il est fâché contre moi parce que je suis dehors en slip! Qui sait ce qu'il pense du sac à main… On dirait qu'il se sent insulté.

Je pense que c'est ça qui lui fait perdre les pédales. Il est sérieux. Il s'apprête à mettre le feu à une cabane pleine d'enfants. Et pendant ce temps-là, moi je fais le comique en sous-vêtement. Je sais qu'il va me tuer lorsqu'il me mettra la main dessus. C'est à peine si je sens les petits cailloux qui se logent dans mes chaussettes. Je file comme une flèche vers l'étable. J'espère pouvoir me cacher et lui tendre une embuscade. L'assommer avec une pelle ou autre chose lorsqu'il me rejoindra.

Je regarde autour de moi. Je ne vois de pelle nulle part. Les cris stridents des cochons m'empêchent de me concentrer. Il faut que je fasse quelque chose. Le gars sera ici d'une seconde à l'autre.

Avec son pistolet.

J'avais oublié le pistolet. L'idée de l'arrêter me paraît soudainement idiote. J'aurais dû rester dans le bus lorsque j'en avais la chance.

J'ouvre la porte de la porcherie et me précipite à l'intérieur. La boue et le fumier et Dieu sait quoi encore m'éclaboussent jusque dans le cou et sur mes lunettes. Je plonge vers l'arrière et m'étends à plat ventre. Les cochons se rassemblent autour de moi, reniflent et grognent. Ils sont fascinés. J'espère que leur fascination durera jusqu'à ce que le gars soit parti.

J'entends le gars arriver près de la porcherie et s'arrêter.

— Je sais que tu es ici quelque part, dit-il d'un ton mielleux.

Il entre dans la porcherie. J'attrape la seule arme à ma portée.

Du fumier.

Surgissant de derrière un gros cochon, je lui en lance une poignée en pleine figure. C'est dégoûtant. La surprise lui fait échapper son pistolet.

Je ne veux pas lui donner la chance de le retrouver. Je continue de lui lancer du fumier sans relâche. Il jure et sacre. Il lève les mains pour protéger son visage. Je le déjoue. La terreur me donne une énergie incroyable.

Les cochons aussi sont excités. Ils crient et grognent et grimpent les uns sur les autres comme s'ils assistaient à un concert de rock.

Je me mets à crier moi aussi. Je voudrais hurler comme un guerrier à la charge, mais je ne suis qu'un enfant terrifié qui défend sa vie à coups de fumier.

Soudainement, le gars pousse un grognement et fait un mouvement dans ma direction.

Je ne sais pas si c'est parce que les cochons m'aiment bien ou parce qu'ils ont peur de lui. Ou parce qu'ils voient la porte ouverte et décident d'en profiter.

Qui sait?

Toujours est-il que les cochons se ruent sur lui en poussant des cris stridents. Un cochonnet le heurte sous le genou et lui fait perdre l'équilibre. Sa tête frappe le plancher. Le fumier revole. Et puis plus rien.

Il est sans connaissance.

Chapitre seize

J'attrape le pistolet et l'enfouis dans le sac de Mme Creaser. Je cours vers la cabane en rondins. Je frappe la porte avec mes poings.

— Ne vous inquiétez pas. Tout va bien maintenant. Je vais revenir, dis-je.

Je ramasse la corde que le gars a utilisée pour m'attacher.

Je reviens en courant à la porcherie.
Je retourne le gars et lui attache les
mains derrière le dos. Je le redresse
et l'attache à un montant. Je fais une
trentaine de nœuds, au bas mot. Il n'est
pas près de s'envoler. Il grogne et ouvre
les yeux. Il jure comme un charretier.

Je m'éloigne en courant. J'ai
encore peur de lui, même attaché.
Ses vociférations m'affolent. Je ne
veux pas entendre ce qu'il prévoit me
faire lorsqu'il sera libre. Je retourne à
l'autobus et prends mon ruban adhésif.
Je retourne à la porcherie et l'utilise
pour faire taire le gars. Une fois réduit
au silence, il me fait moins peur. Je
savais bien que le ruban adhésif serait
utile un jour ou l'autre.

Je suis devant l'étable en train de
fouiller dans le sac de Mme Creaser
pour trouver son téléphone lorsque j'entends le vacarme.

Des sirènes. Beaucoup de sirènes. Les policiers sont arrivés.

Je leur raconte ce qui est arrivé. Ils libèrent les élèves. Ils arrêtent le gars.

Nous sommes presque arrivés à la maison lorsque je me rappelle que je suis encore en slip.

Chapitre dix-sept

Après m'avoir entendu dire le nom de
Van Pett, l'opératrice du 9-1-1 a trouvé
son adresse et envoyé les policiers.
Ceux-ci recherchaient déjà un prisonnier
qui avait pris le large.

Un prisonnier nommé Archibald
James Dobbin — spécialiste du vol
à main armée et détraqué toutes
catégories. Il est maintenant, grâce à

notre sortie scolaire, enfermé pour le reste de ses jours.

Son ami, Kyle Jason Fiske, ne s'en tire pas beaucoup mieux. C'est lui qui avait caché le pistolet et le cellulaire à la ferme. Il a pris six ans pour complicité. Le juge lui a aussi donné quelques années de plus pour avoir suggéré l'accident tragique.

Ma photo paraît dans le journal. L'article me décrit comme un héros. L'ennui, c'est que le titre de l'article est un jeu de mots sur l'animal dont le nom ressemble au mien. Il mentionne aussi, bien sûr, que je portais un slip et un sac à main de femme lorsqu'ils m'ont trouvé. Moi, je trouve cet article embarrassant, mais ma mère l'adore. Elle dit que tous les Cauchon peuvent être fiers de moi.

Elle m'a acheté de nouvelles lunettes et sept boxers, un pour chaque jour de la semaine. Elle a jeté mes vieux slips dans le sac à guenilles.

M. Van Pett a dû subir une opération, mais son bras semble bien remis. Il m'est très reconnaissant. Il a donné une grande quantité de saucisses de porc à ma mère. Elles viennent des cochons qui ont chargé le gars. Ça me paraît injuste, mais elles sont bonnes.

M. Benvie va souvent passer les fins de semaine chez M. Van Pett pour lui donner un coup de main. Il veut organiser une autre sortie scolaire à la ferme au printemps. Il dit que ça nous fera du bien. Que ça nous aidera à tourner la page. Je lui ai dit que j'étais allergique au foin.

Le chauffeur d'autobus a pris sa retraite. Lui et sa femme ont déménagé en Floride.

Mme Creaser a eu une commotion cérébrale. Elle a dû rester à l'hôpital pendant quelques jours. Nous sommes tous allés la voir. Elle a dit qu'elle allait abandonner l'enseignement pour un métier plus reposant — l'escouade anti-bombe, par exemple. Ça nous a bien fait rire.

Shane ne me harcelle plus. Il m'a même remercié pour ce que j'ai fait. Il m'appelle maintenant Dan la plupart du temps. Des fois il oublie et m'appelle Cochonnet, mais c'est sans malice.

Ce qui ne veut pas dire que nous soyons amis, bien sûr.

Comment le serions-nous? Nous n'avons pas de base sur laquelle construire une amitié. Nous avons perdu la seule et unique chose que nous avions en commun.

Depuis cette damnée sortie scolaire, aucun de nous ne déteste Dan Cauchon.